AF360652

SUPPLÉMENT

A LA NOTICE DES ANTIQUES

DU

MUSÉE NAPOLÉON,

CONTENANT L'INDICATION

DES MONUMENTS

EXPOSÉS DANS LA SALLE DES FLEUVES

PRIX, 5o CENTIMES.

A PARIS.

IMPRIMERIE DE L. P. DUBRAY,

RUE VENTADOUR, N.º 5.

1811.

SALLE DES FLEUVES.

Cette salle a été exécutée au commencement du seizième siècle, sur les dessins de *Pierre Lescot*, architecte, et de *Jean Goujon*, sculpteur, pour servir de salle des gardes dans le palais du Louvre. Elle s'étend en longueur, jusqu'à 45 mètres 47 centimètres (140 pieds) sur 13 mètres 31 centimètres de largeur (41 pieds). La voûte de cette grande salle, ornée de sculptures, est soutenue sur des colonnes cannelées, d'un ordre composite qui tient du dorique et du corinthien. A l'un des bouts elle est décorée d'une tribune supportée par quatre cariatides de ronde bosse, ouvrage de *Jean Goujon*, une des plus admirables productions de l'art chez les modernes. Le grand bas-relief semi-circulaire de bronze, qui a été placé au-dessus de la tribune, a été exécuté sous François I.er, par *Benvenuto Cel-*

lini, artiste florentin; il l'avoit destiné, comme il le dit lui-même dans sa vie, à l'ornement d'une grande porte, dans le château de Fontainebleau. La nymphe de cette fontaine y est représentée, son bras gauche appuyé sur l'urne qui verse les eaux, et la droite passée sur le cou d'un cerf. Des animaux de chasse et des chiens remplissent le champ du bas-relief, et font allusion à la forêt qui a tiré son nom de cette fontaine.

Les deux statues de Bacchus et de Cérès, adossées au mur de la cheminée, à l'autre bout de la salle, sont encore des ouvrages de *Jean Goujon*.

Outre les statues, les têtes antiques et les autres monuments qui sont placés dans cette salle, et qu'on trouve décrits sous les numéros qui les désignent, on y remarque un grand nombre de colonnes précieuses, de marbre et de pierre tirés par les anciens, des carrières de l'Orient. Il y en a dix de porphyre, hautes d'environ trois mètres (9 pieds) , dont deux un peu moins hautes , présentent au-dessus de la moitié du fût , les bustes presque détachés, des deux Philippes , père et fils , posés sur deux globes ; ces colonnes étoient autrefois à Rome, dans le palais Altemps ; les autres , ainsi que quatre colonnes de vert antique , hautes de 3 mètres 30 centimètres (10 pieds) , portent des bustes.

Les embrasures des croisées du côté du couchant, sont aussi ornées de colonnes, dont chacune est surmontée d'une statue antique de petites dimensions.

En commençant par la première du côté de l'entrée , les deux colonnes qu'on y voit placées, sont de porphyre et d'ordre ïonique avec bases et chapiteaux de marbre statuaire. L'une porte la statue de Bacchus , ayant aux pieds une panthère; sur l'autre est la statue d'Apollon Delphique , appuyé sur son trépied.

Les colonnes de la deuxième croisée sont de brèche verte égyptienne, que les marbriers connoissent sous le nom de brèche universelle, elles portent la petite figure de Mercure Enagonios, appuyé sur un pilastre de ceux qui environnoient les anciens xystes, et l'autre de Silène appuyé sur une outre, et destiné à l'ornement d'une fontaine.

La troisième croisée a, dans l'embrasure, deux colonnes cannelées, de porphyre, avec leurs chapiteaux antiques, d'ordre ïonique, exécutés dans la même pierre : les bases sont aussi de porphyre. Les figures qui les surmontent représentent Esculape, facile à reconnoître par l'arrangement de son manteau, et Junon, figure remarquable pour la beauté de ses draperies.

Deux colonnes doriques de vert antique, avec chapiteaux et bases de marbre blanc, tirées de la *villa Borghèse,* ainsi que celles de la troisième croisée, ornent l'embrasure de la quatrième; l'une porte une petite statue d'Alexandre le Grand , trouvée à Gabies et tirée de la *villa Borghèse*; l'autre une petite statue héroïque de Trajan, provenant des conquêtes d'Allemagne , en 1807.

Enfin , les colonnes doriques de la cinquième croisée , sont de granit rose oriental , exécutées, ainsi que six autres pareilles , avec leurs bases et chapiteaux de marbre blanc, dans les ateliers du Musée Napoléon; elles portent deux petites statues, l'une représentant Jupiter, l'autre Esculape, avec leurs attributs.

Au-dessous de la tribune, sont placées deux demi-colonnes de granit rose oriental : elles supportent deux coupes de bronze , ouvrage estimé du seizième siècle.

SUPPLEMENT

A LA NOTICE

DES ANTIQUES

DU MUSÉE NAPOLEON.

SALLE DES FLEUVES.

255. VENUS, *dite la* VÉNUS DU CAPITOLE. *Statue.*

La Déesse de la beauté, Vénus, vient de sortir du bain : aucun voile ne dérobe la vue de ses agréables formes. Ses cheveux artistement noués au-dessus du front, retombent en tresses derrière le col. Elle tourne légérement la tête sur la gauche, et tout son corps se replie tant soit peu sur lui-même, par un mouvement qui semble motivé par la pudeur. L'ample draperie à franges, relevée sur un vase qui est aux pieds de la Déesse, a servi à sécher ses membres divins, et elle paroît encore tout humide.

Le mérite de cette excellente figure est encore augmenté par la beauté et la transparence du marbre de *Paros*, dans lequel elle est exécutée, ainsi que par sa parfaite conservation, n'ayant de moderne que deux doigts et l'extrémité du nez.

Cette statue a été trouvée à Rome, près de *S. Vitale*, lieu qui étoit connu autrefois sous la dénomination de la *Vallée de Quirinus*. Benoît XIV l'acheta de la famille des *Stazi* et la plaça au Musée du Capitole, d'où on l'a tirée.

256. VENUS MARINE. *Statue.*

Cythérée, sans aucun vêtement, et à peu près dans la même attitude que *la Venus de Médicis* et celle *du Capitole*, paroît être sortie de la mer ; un dauphin qui en est le symbole est à ses pieds. L'Amour, qui se tient debout sur ce dauphin, semble regarder Vénus avec admiration.

Ce beau groupe, exécuté en marbre grec du Mont *Hymette*, a été tiré de la galerie de la *villa Borghèse*.

257. HERMAPHRODITE *dormant*.
Statue.

Cette figure couchée, dont il existe plusieurs répétitions antiques, est la plus belle de toutes les statues semblables. On est fondé à croire que ce sont des imitations de l'Hermaphrodite en bronze, ouvrage de *Polyclès*, célèbre dans l'antiquité.

Cette statue qui fut découverte au commencement du dix-septième siècle, près des thermes de *Dioclétien*, a été tirée de la *villa Borghèse*.

Le matelas sur lequel l'Hermaphrodite est couché, a été sculpté par le *Bernin*, dans sa jeunesse.

258.   ·   **MEME SUJET.**

Cet Hermaphrodite, dans la même attitude que le précédent, a été découvert, de nos jours, dans le territoire de *Velletri*. Il est de marbre de *Paros*.

259.   **CENTAURE.** *Groupe.*

Ce monstre, emblême des inventeurs de l'équitation, moitié homme et moitié cheval, a les mains attachées derrière le dos. Son vainqueur qui le monte et qui est dans l'action de le battre, est

un Génie de Bacchus : on le reconnoît à sa couronne de pampres.
Ce groupe fait allusion à un pas-
sage d'Homère, où il est dit que
l'ivrognerie des Centaures fut la
cause de leur perte.

Il est probable que ce morceau d'une
parfaite conservation et d'un excellent
style de sculpture, est une répétition antique du plus vieux des deux Cent ures,
sculptés en marbre noir, par *Aristéas* et
Papias, statuaires aphrodisiens, et qu'il
a été exécuté par le ciseau même de ces
maîtres. Ce groupe a été trouvé à Rome,
sur le mont *Cœlius;* il ornoit la *villa
Borghèse.*

260. *Le Dieu* BONUS EVENTUS. *Statue.*

C'est le nom que les anciens
Romains donnoient au Dieu tu-
télaire de la récolte, connu chez les
Grecs sous le nom d'*Agathon* (le
bien). Ses symboles sont des épis
de bled et une patère qu'on sup-
pose destinée à verser le vin des li-
bations. Ces attributs sont modernes, cependant ils ont été restitués
à cette figure, d'après les médailles
antiques qui représentent le Dieu

Bonus Eventus, dans la même pose et avec la même coiffure.

Cette statue a été tirée du *Château de Richelieu*.

261. APOLLON au Carquois. *Statue.*

Quoique cette figure paroisse une imitation de la précédente, à laquelle elle ressemble par la pose et par un certain caractère de sculpture qui rappelle le style des plus anciennes écoles de l'art, il n'est pas douteux qu'elle ne représente Apollon. Le carquois suspendu à un tronc d'arbre qui sert de soutien à la figure, le fait reconnoître ; plusieurs médailles grecques nous offrent la tête de ce Dieu avec la même coiffure ; et ce n'est pas le premier exemple, dans la sculpture ancienne, de la même figure employée à la représentation de différents sujets, suivant la différence des symboles et des accessoires qui l'accompagnent.

Cette statue provient des conquêtes d'Allemagne, en 1807.

262.   ## SABINE. *Statue.*

L'épousede l'empereur *Hadrien,*
est représentée sous les emblêmes
de la Déesse de la Concorde. La
corne d'abondance qu'elle tient
dans la main gauche, est, sur les
médailles romaines, l'attribut dis-
tinctif de cette Déesse. La beauté
de la pose de cette figure, celle du
jet et du travail de la draperie, la
parfaite conservation de la tête,
rangent ce monument parmi les
plus beaux ouvrages de sculpture
qui représentent des impératrices
romaines.

Cette statue, trouvée à *Cabies*, tirée
de la *villa Borghèse*. est exécutée en
marbre de *Luni* du plus beau grain.

263.   ## LIVIE *en* CERÈS.

L'épouse d'*Auguste* est représentée sous les attributs d'une
Déesse. Les épis de bled, la corne
d'abondance, la tête coiffée d'un
voile, la caractérisent pour *Cérès.*
Mais la ressemblance de ses traits
à ceux de *Tibère*, et la comparai-
son d'autres monuments certains,
font reconnoître *Livie.*

Cette statue en marbre de *Luni*, est tirée de la *villa Borghèse*.

264.   **LIVIE**, *en Muse.*

C'étoit l'usage de l'antiquité, de donner les emblêmes des Muses aux portraits des femmes qu'on vouloit honorer. *Livie*, dont la tête se reconnoît par plusieurs monuments, a dans cette statue les symboles de la muse *Euterpe*. Le jet de la draperie est très-heureux, et on le voit répété sur plusieurs belles figures antiques.

Cette statue a été tirée de la *villa Borghèse.*

Les têtes antiques de ces trois statues sont rapportées, mais avec tant de convenance, que l'œil du connoisseur s'y trompe.

265.   **DOMITIE** *en* **HYGIE.** *Statue.*

Voy. le Livret, pag. 153, n.° 193.

266.   **BACCHUS** *en ivresse. Statue colossale.*

Voyez le Livret, pag. 13, n.° 4.

267.   **MARC AURELE.** *Statue colossale.*

Voyez le Livret, pag. 12, n.° 3.

268.   **ANTINOUS** *en bon génie.*
Statue colossale.
Voy. le Livret, pag. 153, n.° 194.

269.   **ALEXANDRE LE GRAND.**
Statue colossale.

Figure héroïque sans autre vêtement qu'une longue draperie qui tombe de l'épaule gauche et laisse à découvert tout le devant du corps. La tête, ornée d'un casque, est le portrait d'*Alexandre le Grand.* Le conquérant paroît lever ses regards vers le ciel, tel qu'il avoit été représenté par *Lysippe*, dans une statue de bronze, célèbre chez les anciens.

Cette statue tirée de la *villa Albani*, est de marbre de *Paros.* La tête antique, mais rapportée, est de marbre *pentélique.*

270.   **LE NIL.**

Statue colossale de marbre *pentélique.* Le dieu du fleuve, demi couché, se lève et s'appuie sur le bras gauche qui pose sur un sphinx: il soutient de ce même bras une grande corne d'abondance remplie des productions d'une terre fertile;

les épis qui sont dans sa main droite, les feuilles et les fruits dont il
est couronné, annoncent la fécon-
dité et la richesse que l'Egypte doit
au débordement annuel de son fleuve. Les seize enfants qui grimpent
sur ses membres et sur ses symboles, ou qu'on voit épars autour de
la grande figure, étoient regardés
comme l'emblême des seize coudées, mesure à laquelle on désiroit
alors que l'excrescence du Nil par-
vînt à s'élever : ces enfants étoient
en effet désignés sous le nom de
péchys ou *coudées*. Le crocodile et
l'ichneumon paroissent folâtrer
avec ces Génies. Trois côtés de la
plinthe sont ornés dans leur hau-
teur, de bas reliefs relatifs à l'his-
toire naturelle du pays. On y voit
représentés la chasse du crocodile,
l'hippopotame, l'ibis et plusieurs
végétaux de l'Egypte. La sculpture
qui est sur la face de la plinthe,
imite des eaux qui coulent, et
fait sentir que cet excellent ouvrage avoit été fait pour l'ornement
d'une fontaine. Ce monument em-
bellissoit l'enceinte du célèbre tem-

ple d'*Isis* et de *Serapis*, élevé par les empereurs romains, dans le *Campus Martius*, et près de la *Via Lata.*

Ce groupe et son pendant, furent découverts vers la fin du quinzième siècle, à Rome, près de l'église dite *la Minerva*, dans l'endroit où étoit anciennement le temple qu'on vient d'indiquer. Ils ont orné, depuis le commencement du seizième siècle, le jardin du Pape, au Vatican. Pie VI les avoit transportés dans son Musée, où ils sont restés jusqu'à l'époque où ils furent cédés à la France, par le traité de *Tolentino.*

271.   LE TIBRE.

Figure colossale demi-couchée. Le dieu du fleuve s'appuie sur son bras droit, qui est posé sur l'urne auprès de laquelle pose la louve de *Mars*, avec ses nourrissons, les fondateurs de Rome. L'aviron que le dieu du fleuve a dans sa main gauche, est un symbole des rivières navigables. Les bas-reliefs qui ornent trois côtés de la plinthe sur laquelle cette figure est placée, représentent l'arrivée d'*Enée* aux bouches du *Tibre;* la truie avec ses petits, désignée par l'oracle dont parle *Virgile*; et la navigation de ce fleuve, qui arrosoit et approvisionnoit la capitale du monde ancien.

Cette statue qui est un pendant parfait de la statue précédente, et sculptée dans un grand bloc de marbre de la même qualité, a été découverte dans le même endroit, et a subi les mêmes translations.

272. PORTRAIT *d'une jeune fille jouant aux osselets*, que les Grecs nommoient *astragaloi*, les Latins *tali.* Cet ouvrage qu'on ne se lasse passe d'admirer, à cause de sa grâce et de sa noble simplicité, a dû être en grande réputation chez les anciens, puisqu'il en existe un grand nombre de copies et d'imitations antiques.

273. NYMPHE, *dite* LA VÉNUS A LA COQUILLE. *Statue.*

La conformité de la pose et de l'attitude de cette figure avec celles de la statue qui a été décrite au numéro précédent, ne laisse point de doute qu'une joueuse d'osselets n'y soit représentée. Cependant le caractère idéal de la tête et les tes-

tacées dont est jonché le sol où
pose la figure, lui donnent le caractère d'une Nymphe de la mer.
Ces accessoires ont fourni l'idée
à l'artiste moderne qui a restauré
le bras droit de la statue, de lui
faire tenir une coquille à la place
des osselets.

Sculptée en marbre *pentélique*. Tirée
de *la villa Borghèse*.

274. VENUS ACCROUPIE. *Statue.*

Au moment de sortir du bain,
la Déesse de la beauté semble occu-
pée à se parfumer, et attendre qu'on
jette sur elle un voile pour l'es-
suyer. Elle porte au bras gauche
cette espèce de brasselet que les
dames romaines appeloient *spin-
ther*. Un vase renversé sert de soutien à la figure.

C'est de nos jours et à *Salone*, sur la
route de Rome à *Palestrine*, que cette
statue de marbre *pentélique* a été découverte. Pie VI, qui l'avoit achetée du pein-
tre *La Piccola*, l'avoit placée au Musée
du Vatican.

275. VENUS ACCROUPIE, *un arc à la main. Statue.*

La ressemblance de cette figure

avec celles qui représentent *Diane* au bain, telle que la surprit Actéon et telle qu'on la voit représentée dans les bas-reliefs d'un beau sarcophage de cette collection, a suggéré à l'artiste qui a restauré cette statue, l'idée de lui donner le caractère de *Diane*, en plaçant un arc dans sa main gauche. Il est cependant plus probable que cette jolie figure représente *Vénus* sortant du bain, telle que nous l'avons vue sous le numéro précédent. L'arc de *Cupidon* peut bien convenir à sa mère.

Tirée de la *villa Borghèse*.

276. GRAND VASE ou Cratère de marbre *pentélique*, dont le fond est orné extérieurement de cannelures; les lèvres sont bordées d'une couronne de lierre, et le corps est entouré d'un bas relief de dix figures. Le sujet de ce bas-relief est une bacchanale où l'on remarque la figure noble du Dieu des vendanges, celle de Silène dans l'ivresse, et celles des Bacchantes et des Faunes en différentes attitudes, toutes élégan-

tes. Des mascarons siléniques sont sculptés à la racine des anses.

Ce vase servoit autrefois à l'ornement des célèbres jardins de *Salluste*, qui appartenoient aux empereurs romains. Il a été tiré du palais de la *villa Borghèse*.

Un tronc de colonne de porphyre, d'un mètre (3 pieds) de diamètre, orné d'une base et d'une cymaise de marbre blanc, sert de piédestal à ce magnifique morceau.

277. **LA MORT DE MELEAGRE.**
Sarcophage.

Le bas-relief qui orne la face de ce sarcophage, offre une des plus belles compositions qui nous soient restées de l'antiquité. Le sujet distribué en trois actions, ou, comme on pourroit dire, en trois actes, représente la catastrophe et la mort de *Méléagre*. A droite on voit le jeune héros poussé par une Furie, combattre contre ses oncles, les *Thestiades*, qui prétendoient s'approprier la hure du terrible sanglier de *Calydon*, monstre que *Méléagre* venoit d'abattre : l'un des frères d'*Althée* est blessé à mort. A l'extrémité opposée, on voit cette héroïne, tendre sœur et mère dénaturée, qui pour venger le meurtre de ses frères, jette sur le feu le fatal tison à la durée duquel les Parques avoient attaché la vie de son fils. La Déesse de la destinée, écrit sur le livre des morts le nom de *Méléagre,* tandis qu'une des Furies allume de sa torche infernale les fureurs de la mère. La scène du milieu représente *Méléagre* sur son lit de mort, assisté par ses sœurs éplorées; sa maîtresse, *Atalante,* en habit de chasseresse, et versant des larmes, est assise au pied du lit, au bas duquel on voit le chien de chasse et les armes de *Méléagre.* Son père chancelant et sa vieille nourrice s'approchent du mourant avec une tendre émotion.

Ce sarcophage sculpté, en marbre du mont *Hymette,* et parfaitement conservé, est tiré de la *villa Borghèse.* Deux sphinx ailés ornent les deux côtés.

278. **LYCURGUE.** *Hermès.*

Des médailles des Lacédémoniens, sur lesquelles la tête de *Lycurgue* est gravée, font recon-

noître dans cet hermès le législateur
de *Sparte.*

Cette antique est due aux conquêtes
d'Allemagne, en 1807.

279. **THUCYDIDE.** *Hermès.*

Une certaine ressemblance de
la tête de cet hermès avec le
portrait certain de *Thucydide ,*
publié dans l'*Iconographie grec·
que ,* et cet air pensif qui le carac·
térise , le font regarder comme un
autre portrait de cet historien célè·
bre.

280. **SOCRATE.** *Hermès.*

Le portrait de *Socrate* est facile
à reconnoître dans cet hermès,
qui cependant n'égale pas par la
beauté de l'art, un autre portrait
du même philosophe , marqué du
n. 243.

281. **EURIPIDE.** *Hermès.*

Cette tête a quelque ressemblan·
ce avec le beau portrait d'*Euri·
pide,* qui est dans cette même salle,
marqué du n.º31.

282.   HOMERE. *Hermès.*
Voy. le Livret, pag. 176, n. 244.

283.   VIRGILE. *Hermès.*
Voy. le Livret, pag. 178, n. 247.

284.   SOCRATE. *Hermès.*
Voy. le Livret, pag. 176, n. 243.

285.   EURIPIDE. *Hermès.*
Voy. le Livret, pag. 177, n. 245.

286.   THEMISTOCLE. *Hermès.*
Voy. le Livret, pag. 179, n. 250.

287.   MILTIADE. *Hermès.*
Voy. le Livret, pag. 179, n. 249.

288.   ACHILLE. *Hermès.*

La statue d'*Achille* qu'on peut
voir dans cette collection, et qu'on
a attribuée à ce héros, sur des con-
jectures probables, le fait reconnoître dans cet hermès.

289.   HERCULE, *dit* XÉNOPHON.
Hermès.

Le fils d'*Alcmène* est couronné
d'olivier comme vainqueur aux

jeux olympiques. Les larges bande-
lettes qui descendent de cette couronne, étoient un ornement propre
de ces vainqueurs. Malgré le grand
caractère d'un beau idéal qui distingue cette tête, *Winckelmann*
avoit cru y voir un portrait de *Xénophon*, athénien, historien et
guerrier.

Cet hermès est tiré de la *villa Albani*.

290.   E P I C U R E. *Hermès.*

Cette belle tête du philosophe *Epicure*,
a été tirée de la *villa Borghèse*.

291.   ZENON LE STOICIEN.
Hermès.

Cette tête est un portrait de *Zé-
non* de Chypre, fondateur de la
secte des philosophes stoïciens.

Tiré de la *villa Borghèse*.

292.   PITTACUS. *Hermès.*

Une médaille unique qui existe
au cabinet de la Bibliothèque im-
périale, fait reconnoître dans cet
hermès *Pittacus*, de Mytilène, un
des sept sages de la Grèce, et qui
gouverna sa patrie dans les troubles d'une guerre civile.

Tiré de la *villa Borghèse*.

293. **ALCÉE.** *Hermès.*

Ce poëte de Mytilène étoit le rival de *Pittacus*, dans les troubles de sa patrie. Cette tête a beaucoup de ressemblance au portrait d'*Alcée*, qui est gravé sur la même médaille dont on a fait mention au numéro précédent.

Tiré de la *villa Borghèse.*

294. **HIPPOCRATE.** *Hermès.*
Voy. le Livret, pag. 175, n. 242.

295. **DIOGENE.** *Hermès.*

La ressemblance qu'on découvre entre ce portrait et celui de *Diogène*, constaté dans l'ouvrage de l'*Iconographie grecque*, autorise à reconnoître dans cet hermès le cynique de *Sinope.*

296. **BACCHUS** POGON *ou* BARBU. *Hermès.*

Cette tête de Bacchus *Pogon* ou *Bassarée*, est remarquable par son beau caractère idéal, et par l'ornement de la coiffure, connu par les Grecs sous le nom de *Stlengide.*

297. *Autre* BACCHUS *barbu. Hermès.*

Cette tête, d'un style de sculpture plus ancien, diffère aussi de la précédente par la disposition de la coiffure.

298. AUTEL TRIANGULAIRE qui a pu aussi être employé comme base d'un candelabre. Il est remarquable par ses ornements et par les bas-reliefs qui en décorent les trois faces. L'un représente le Dieu Pan avec ses chalumeaux ; des Faunes sont sculptés sur les deux autres.

Tiré de la *villa Borghèse.*

299. AUTEL TRIANGULAIRE presque semblable à celui du numéro précédent. Les bas-reliefs représentent des Bacchantes lacédémoniennes en action de danse : deux ont leurs tuniques relevées au-dessus du genou. Toutes les trois sont couronnées de feuilles de palmiers.

Tiré de la *villa Borghèse.*

3oo. DEMETRIUS POLIORCETE.
Téte.

Cette tête d'un grand caractère, a paru présenter quelque ressemblance aux portraits de l'empereur *Othon,* successeur de *Galba,* mais elle représente plus probablement *Démétrius Poliorcète.* On distingue sur la chevelure, la trace du diadême royal qu'on y avoit rapporté en bronze.

Cette tête, venue de la Grèce, appartenoit à M. *Pajou,* statuaire.

3o1. LUCILLA. *Téte.*

Ce portrait de *Lucilla,* fille de *Marc-Aurèle* et de *Faustine la jeune,* épouse en premières noces de l'empereur *Lucius Vérus,* a été trouvé dans les fouilles de *Gabies,* et tirée de la *villa Borghèse.*

3o2. PLAUTILLA. *Téte.*

Les mêmes fouilles ont rendu au jour ce portrait de l'impératrice *Plautilla,* fille de *Plautius,* préfet du Prétoire, et femme d'*Antonin Caracalla.*

3o3. LEPIDE, *triumvir.*

Cette tête d'une conservation parfaite, paroît être un portrait de *Lepide*, l'un des triumvirs de la république Romaine, et grand pontife.

Ce monument provient des conquêtes d'Allemagne, en 1807.

3o4. CORBULON. *Tête.*

Cette tête de *Domitius Corbulon*, général romain sous *Claude* et sous *Néron*, célèbre par ses exploits et par son caractère, a été découverte à *Gabies*, dans une chapelle consacrée aux ancêtres de sa fille, l'impératrice *Domitia*.

Tirée de la *villa Borghèse.*

3o5. CORBULON. *Tête.*

La ressemblance de cette tête avec celle qu'on a indiquée sous le numéro précédent, l'a fait reconnoître pour un autre portrait de *Corbulon.*

Trouvée à *Gabies*. Tirée de la *villa Borghèse.*

3o6. MARCUS AGRIPPA. *Tête.*

C'est encore aux fouilles de *Gabies* qu'on doit ce portrait admirable de *Marcus Agrippa*, gendre d'*Auguste*, et homme de guerre très distingué, célèbre surtout par sa victoire navale d'*Actium*, par la protection qu'il accorda aux arts, et pour les superbes monuments qu'il fit élever à Rome.

Tirée de la *villa Borghèse*.

307.   PERSEE, *dernier roi de Macédoine.*

Cette tête d'un très beau travail, a beaucoup de ressemblance avec le portrait de *Persée*, dernier roi de Macédoine, tel que nous le présentent ses médaillons.

Tirée de la *villa Borghèse*.

308.   SIEGES *en rouge antique.*

Voy. le *Livret*, pag. 137, n. 159.

309.   LION *de basalte.*

Ce lion sculpté dans cette pierre égyptienne très-dure, tantôt couleur de fer et tantôt verdâtre, que les anciens connoissoient sous le nom de *basalte*, est dans la même attitude que le célèbre lion antique de Médicis. Il a une boule de jaune antique sous l'une des pattes.

Tiré de la *villa Albani*.

310.   La LOUVE DE MARS, qui alaite les deux jumeaux *Romulus* et *Remus*, fondateurs de Rome.

L'animal est exécuté dans un bloc de rouge antique. Les enfants sont de marbre blanc statuaire.

Ce morceau, ouvrage du seizième siècle, est tiré de la *villa Borghèse*

311.   URNE DE PORPHYRE, de forme ovale, qui a servi de *labrum* ou de baignoire dans les thermes des anciens romains.

Quatre crocodiles de bronze, de travail moderne, supportent l'urne et posent sur un grand soubassement de la même pierre.

Ce morceau est tiré de la *villa Borghèse*.

312.   GRAND TRÉPIED orné de feuilles de vigne, de têtes de lions et de monstres marins. Il étoit destiné pour servir de fontaine. La coupe d'où l'eau jaillissoit, est soutenue sur un balustre cannelé en spirale.

Trouvé à la *villa Hadriana*, près de *Tivoli*. Tiré du Musée du *Capitole*.

F I N.